meguru hinohara

# therapy game

# CHARAKTERE

## SHIZUMA IKUSHIMA

STUDIERT VETERINÄRMEDIZIN. WURDE VON SEINER FREUNDIN VERLASSEN UND BETRINKT SICH IN EINER BAR, WO ER MINATO KENNENLERNT.

## MINATO MITO

SCHWULER FOTOGRAF. SELBSTBEWUSSTER CHARAKTER, SCHARFE ZUNGE, LEICHTER BRUDERKOMPLEX.

## SHUHEI IKUSHIMA

SHIZUMAS JÜNGERER BRUDER, STUDENT. HAT EINE HEUALLERGIE. IN EINER BEZIEHUNG MIT ITSUKI MITO. ♡

## ITSUKI MITO

MINATOS BRUDER SANFTER BLICK, ABER WILDE EROTIK. ♡ IN EINER BEZIEHUNG MIT SHUHEI IKUSHIMA.

## STORY

DER SCHWULE MINATO BEGEGNET IN EINER
BAR SHIZUMA, DER SICH BETRINKT, WEIL ER
VON SEINER FREUNDIN VERLASSEN WURDE. DIE
BEIDEN VERBRINGEN DIE NACHT ZUSAMMEN.
ALS SHIZUMA AM MORGEN ERWACHT, ERINNERT
ER SICH AN NICHTS MEHR. IN EINEM WUTANFALL
DARÜBER VERKÜNDET MINATO BEKANNTEN AUS
DER BAR, DASS ER SHIZUMA EROBERN WÜRDE,
UND SCHLIESST MIT IHNEN DARAUF EINE WETTE
AB. NACH UND NACH FÜHLT ER SICH VON SHIZUMA
JEDOCH IMMER MEHR ANGEZOGEN UND BEREUT,
DIE SACHE NUR ALS SPIEL BEGONNEN ZU HABEN.
DOCH SHIZUMA HÖRT VON DER WETTE UND
MEIDET DARAUFHIN DEN KONTAKT ZU MINATO.
NACHDEM DAS MISSVERSTÄNDNIS GEKLÄRT IST,
MÖCHTE SHIZUMA DEM ERKRANKTEN MINATO
EINEN BESUCH ABSTATTEN, ABER DESSEN
BRUDER ITSUKI SCHICKT IHN WEG...

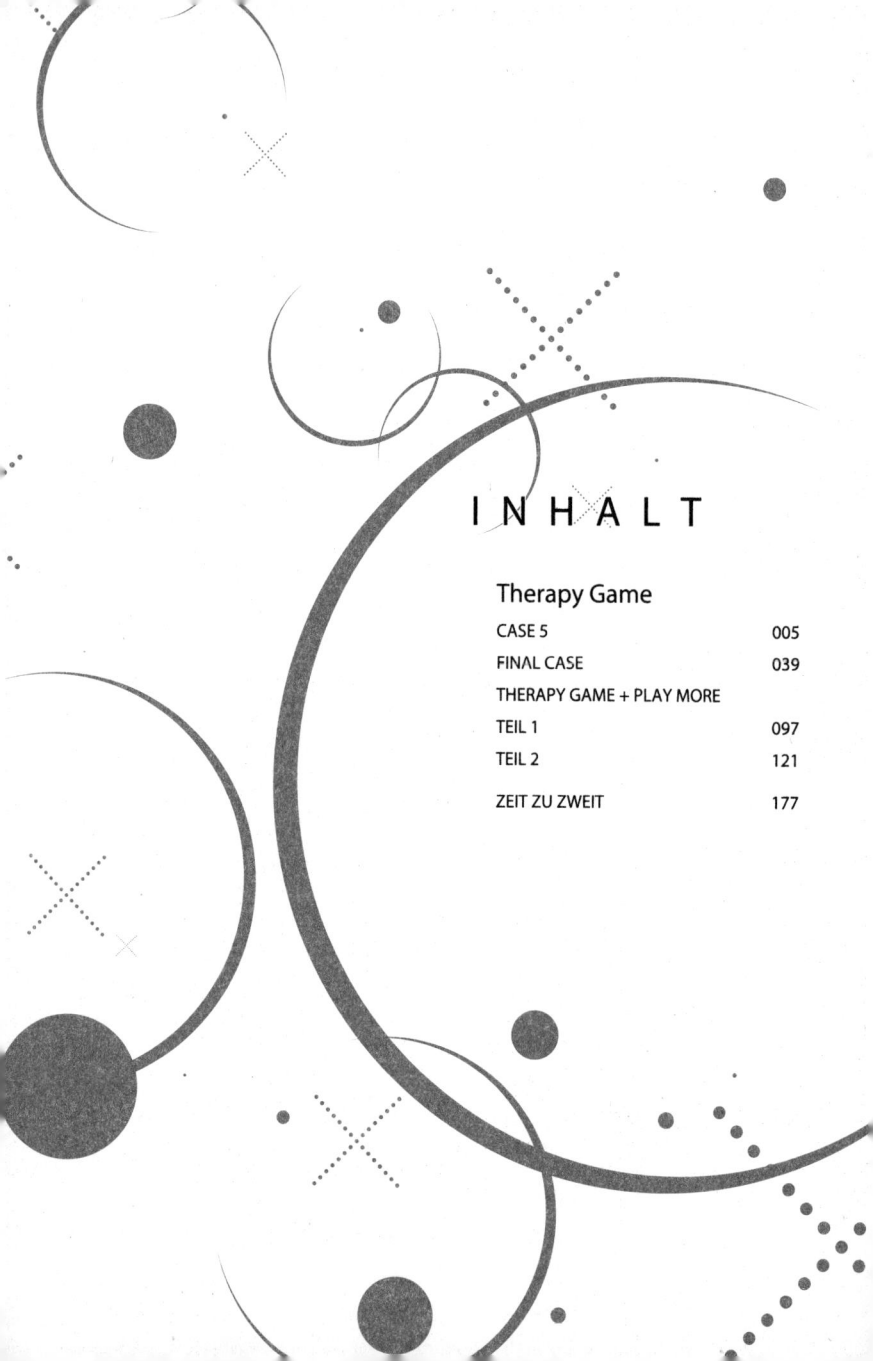

# INHALT

## Therapy Game

therapy game

# CASE 5

WAS MEINST DU?

WÜRDE DICH DAS WIRKLICH ZUFRIEDEN-STELLEN?

WENN IHR WEITER AUF DISTANZ BLEIBT...

... WIRD SHIZUMA SICH BEMÜ-HEN, DICH ZU VERGESSEN.

EURE ZEIT ZUSAMMEN WAR NUR KURZ, ER WÄRE ALSO BALD WIEDER AUF DEN BEINEN.

DIE SCHMERZLICHEN ERINNERUNGEN AN DICH WERDEN VER-BLASSEN ...

... ER WIRD JEMAND NEUEM BEGEGNEN UND MIT DIE-SER PERSON SEIN GLÜCK FINDEN.

...

WENN ES SO WEIT IST, WIRD ER DICH VOLL-STÄNDIG VERGESSEN HABEN.

ES IST DUMM, ALLEIN ZU BLEIBEN, BLOSS WEIL MAN ANGST DAVOR HAT, VERLETZT ZU WERDEN...

HÖR MAL, MINATO ...

JEDER VON EUCH WIRD SEIN EIGENES LEBEN FÜHREN UND IHR WER-DET FREMDE FÜREINANDER SEIN.

ICH VERSTEHE DEINE ANGST VOR EINER ZU ENGEN BINDUNG...

DOCH ...

ES BESTEHT ÜBERHAUPT KEIN GRUND ZUR PANIK.

WENN DU DEN ERSTEN SCHRITT WAGST, WIRST DU SEHEN, DASS ES KEINE GROSSE SACHE IST.

ES FÜHLT SICH VIEL BESSER AN, ALS DU ES DIR VORSTELLEN KANNST.

...

ALS ICH IHM GESTERN DIE TÜR ÖFFNETE, WAR SHIZUMA-KUN SO AUS DER FASSUNG, DASS KLAR WAR...

SLUFF

ER MEINTE, ER KÖNNE MIR NICHT MEHR VERTRAUEN ...

SOLL ICH DENN DA IMMER NOCH ...?

SAAA

DER GEWÜNSCHTE GESPRÄCHS-PARTNER...

... IST ZURZEIT NICHT ERREICH-BAR.

DACHTE, ER WÄRE TAGSÜBER AN DER UNI...

ICH ERREI-CHE IHN NICHT...

EVENTUELL IST ER HIER...

SHIZUMA, WO BIST DU...?

TAP

TAP

TAP

MIST...! ICH BIN GANZ ER- SCHÖPFT ...

HA...

HEY, WAS MACHST DU DA?

ICH WEISS IM GRUNDE GAR NICHTS ÜBER SHIZUMA ...

„DU SOLL- TEST DEINEN UMGANG BESSER WÄHLEN ...“

DAS IST DOCH... DIESER FREUND VON SHIZUMA ...

HEY...

WEISST DU, WO SHIZUMA IST?

ICH MUSS MIT IHM REDEN...

UNBEFUG- TEN IST DER ZUTRITT HIER VERBOTEN.

ICH WEISS, DU FIN- DEST MICH WIDERLICH, ABER...

SELBST WENN ICH ES WÜSSTE, WÜRDE ICH ES DIR NICHT VERRATEN.

TSS ...

KAPIERT? ALSO HAU AB...

TAP

TAP

GRAB—

WARTE!

... HÖR MIR KURZ ZU...

ICH MUSS SHIZUMA UNBEDINGT SEHEN UND MIT IHM REDEN...

... DOCH ALLEIN KANN ICH IHN NICHT FINDEN...

BITTE ICH DICH...

... UM DEINE HILFE...

DARUM ...

WAS HAT DAS ZU BEDEUTEN...?

ER WAR IN LETZTER ZEIT KOMISCH DRAUF...

PUSH

MANN, TATSUMI! WILLST DU EWIG NUR GEMEIN ZU IHM SEIN?

SORRY! WIR KÖNNEN SHIZUMA AUCH NICHT ERREICHEN UND SIND EBENFALLS BESORGT!

ER KOMMT NICHT MEHR ZUR UNI UND IST AUCH TELEFONISCH NICHT ERREICHBAR... KÖNNTE ES SEIN, DASS...

EINE GANZ ANDERE ART VON DEPRESSION ALS NACH DER TRENNUNG VON YUKA...

ER WAR STÄNDIG GEISTESABWESEND, UND WENN ER WAS SAGTE, KLANG ES GEQUÄLT...

HOFFENTLICH BESCHWÖREN WIR MIT UNSEREN GEDANKEN DAS UNGLÜCK NICHT ERST HERAUF... AUF... AUF... AUF...!

... WAS WIRKLICH SCHRECKLICHES PASSIERT IST...?

ECHO

ACH, FALLS IHR SHIZU-KUN SUCHT...

LASS DAS! DAS IST NICHT WITZIG!

TAP

ICH WEISS, ABER...

SORRY, WOVON REDEST DU...?

?

NA JA... ALSO...

ICH WOLLTE NUR SAGEN, DASS ICH DICH NICHT WIDERLICH FINDE...

HM...

ABER MACH DAS NIE WIEDER, JA?

ICH FRAGE MAL IM LABOR NACH...

じぃ...

GLAAA

WAS IST?

DARUM HABE ICH DICH ERST AUCH FÜR SO EINEN GEHALTEN UND WOLLTE DICH VERSCHEUCHEN...

... DER SCHON IMMER NERVIGE TYPEN ANGEZOGEN HAT...

SHIZUMA IST EINFACH EINER...

DESHALB MEINE ÜBLEN SPRÜCHE NEULICH...

ES TUT MIR LEID...

BLA BLA BLA BLA ツラ ツラ

ABGESEHEN VOM MENSCHEN HAT MAN IN DER NATUR UM DIE 1500 ARTEN UNTERSUCHT, BEI DENEN HOMOSEXUELLES VERHALTEN VORKOMMT...

DAZU GEHÖREN NATÜRLICH MENSCHENAFFEN, DOCH AUCH ELEFANTEN, SCHAFE ODER ALBATROSSE. UND BEI GIRAFFEN SIND 90 % DER GESCHLECHTSAKTE HOMOSEXUELL.

HEUTZUTAGE IST MENSCHLICHE HOMOSEXUALITÄT AUCH NICHTS NEUES ODER BESONDERES MEHR!

BLA BLA BLA BLA BLA ツラ ツラ ツラ BLA

SEI EINFACH IN ZUKUNFT NETTER ZU MIR...

DU...

OKAY, TATSUMI ...?

... MUSST DICH NICHT ENTSCHUL- DIGEN...

GARA?

SEHT MAL!

DIESE FOTOS HAT SHIZU SOEBEN GEMACHT!

ICH ...

... WERDE MICH BEMÜHEN ...

MUMBL ...

PLING

OH! DA KOMMEN NOCH MEHR!

KLAPPE!

DU KANNST JA AUCH SÜSS SEIN...

HAB EBEN WAS INTERES- SANTES BEOBACH- TET!

WAS GUCKST DU SO?!

HE

AH...! GESCHAFFT! ICH BIN DRIN!

HEY, WIESO KANNST DU SEHEN, WAS AUF SHIZUMAS HANDY IST?

HAB DA JAHRE NICHT REINGE- SCHAUT!

GIBT ES ORIENTIE- RUNGS- PUNKTE AUF DEN FOTOS?

GLÄÄ

OBWOHL DA SO VIELE SIND, LÄSST SICH NICHT ERKENNEN, WO ER IST.

ALS UNSERE BEZIEHUNG BEGANN, HABE ICH EIN GAAANZ KLEIN WENIG AN SEINEM HANDY RUMGESPIELT, UM AUCH IM FALL EINER TRENNUNG ZU WISSEN, WAS ER SO MACHT...

DAS HATTE ICH GANZ VERGESSEN

...

DAS MEER... UND EIN PARK...

DAS HIER SCHEINT EIN SCHREIN ZU SEIN...

IST DAS EINE SCHULE ...?

HÄ?

LASS MAL SEHEN!

SIEHT ER SICH NOR- MALERWEISE SEHENS- WÜRDIGKEI- TEN AN?

ER SCHLÄFT GERADE.

ÄHM... IST MINATO...

FREUT MICH!

WAHNSINN! DAS HAT LANGE NIEMAND MEHR RICHTIG ERRATEN!

FALLS NÖTIG, WECKE ICH IHN, ABER...

VERSTEHE... ER LIEGT ALSO KRANK IM BETT...

ハッ

HÄ?

は

あ

あ

あ

HAAAAH!

MEINE GÜTE...!

WARST DU ES, DER MINATO IN DEN FUNPARK MITGENOMMEN HAT?

SMI

SCHÄM

シュ

ICH BIN HIER VÖLLIG GEDANKENLOS EINFACH AUFGETAUCHT...

ICH KOMME EIN ANDERMAL WIEDER. LASS IHN RUHIG SCHLAFEN...

DANKE FÜR DEIN VERSTÄNDNIS...

ÄHM...

DIE FAMILIE KIRIGAYA KENNEN DORT ALLE.

FRAG MAL DIE LEUTE AUS DEM DORF NACH UNS.

ヵ

カ

GASCHA

WENN ER DAS HIER NUR MIT EIGENEN AUGEN SEHEN KÖNNTE...

DIESER ORT IST ...

... VIEL SCHÖNER, ALS ICH ERWARTET HATTE...

DADADA

HM?

WUFF

WUFF

WUFF

NIYAAA

WUFF

NA JA, ES WIRD IHN DOCH AUCH FREUEN, DIE FOTOS ZU SEHEN.

NUN MUSS ICH NUR NOCH RAUSFINDEN, WO DAS HAUS IST ...

HÄ? WOHER KOMMST DU, JUNGE? DU BIST NICHT VON HIER, ODER...?

WUFF WUFF

ENTSCHUL-DIGUNG....! HAT ER DICH SCHMUTZIG GEMACHT?

NEIN, ALLES IN ORD-NUNG!

AH, JA...

ES GIBT ZWEI BRÜDER NAMENS ITSUKI UND MINATO...

JAAA ...!

DIESE BEDAUERNS-WERTE FAMILIE!

BEDAU-ERNS-WERT?

ZAAA

ICH BIN AUF DER SUCHE NACH DEM HAUS DER FAMILIE KIRIGAYA ...

EIN FREMDER GERUCH ...

"KIRIGAYA"? SO HEISSEN VIELE HIER ...

JA, IST MIR AUCH VÖLLIG NEU...

DIESE JUNGS...

... KÖNNEN EINEM WIRKLICH LEIDTUN...

DU SUCHST NACH IHREM HAUS UND WEISST NICHTS DAVON?

HM...

DIE MUTTER ERLITT DARAUFHIN EINEN ZUSAMMEN-BRUCH...

... UND ERHÄNGTE SICH MITTEN IM DORF.

DAS IST EINE PROMINENTE FAMILIE, JEDER IN DER GEGEND KENNT SIE, ABER...

... DER MANN KAM SELTEN NACH HAUSE UND DIE FRAU GING FAST NIE VOR DIE TÜR.

ICH HABE SIE NIE ZUSAMMEN GESEHEN.

DAS WAR NICHT WEIT VON DER SCHULE UND ES GAB EINEN RIESENWIRBEL...

... WAS WOHL AUCH IHRE ABSICHT WAR...

FÜR DIE FAMILIEN-MITGLIEDER WAR DAS SCHLIMM.

UND DANN IRGEND-WANN...

... WAR DER VATER VER-SCHOLLEN.

DEN FOTOS NACH ZU SCHLIESSEN HAT ER HIER ANGEHALTEN...

NOCH MAL IN DIESES DORF ZURÜCKZUKOMMEN...

VIELLEICHT IST ER NOCH IN DER NÄHE...

SHIZUMA... WO BIST DU...?!

GRR GRR

VROOOO

VROOOOOM

オオ

...

WOHIN NUN MIT DEN KINDERN...?

ZU UNS NICHT

DEN NAMEN DER KIRIGAWAS SO ZU BESCHMUTZEN...

WAS FÜR EINE UNMÖGLICHE FRAU...!

ARMES KIND...

WAS NUN WOHL AUS IHM WIRD...?

SIEH NUR, DER KLEINE...

... NUR SCHLIMME ERINNERUNGEN...

MEIN GROSSER BRUDER HAT DIE LEICHE UNSERER MUTTER GESEHEN!

SIE HING IM PARK VOR DER SCHULE!

SEI JETZT STARK ...!

WAH! ECHT GRUSELIG!

NICHT ZURÜCKDENKEN...

BONK

WOHIN ICH AUCH BLICKE ...

VERZEIH MIR...
ギュ
DRÜCK
ICH HAB DICH VER-STOSSEN, OHNE DEINE GESCHICHTE ZU KENNEN...
ES TUT MIR SO LEID...

ES REICHT JETZT MIT ENTSCHULDIGUNGEN...

HALT MICH EINFACH FEST.

therapy game

# FINAL
# CASE

ズリッリ
BOOO

Ü...

DANK DIESEM ULTRAVER-KITSCHTEN HANDY...?!

BOINK
ポ

HIER ...!

イッ

SO IST ES, SHIZULEIN... ♡

HEY!

DANKE, IHR HABT MIR SEHR GEHOLFEN!!

DAS WETTER WIRD GEGEN ABEND SCHLECHTER. ALSO SEI VORSICHTIG!

SCHICK EINE NACHRICHT, SOBALD DU WEISST, WO ER IST!

SHIZU HAT MIR VERZIEHEN, OBWOHL ICH SCHLIMMES GETAN HABE...

ICH KANN DIE DINGE NICHT UN-GESCHEHEN MACHEN, ABER...

...WENN ER IN SCHWIERIG-KEITEN IST, WILL ICH TUN, WAS ICH KANN...

ICH BIN GENAUSO SEHR IN SORGE WIE DU.

HÄ...? IM ERNST?

JA! ICH WEISS DOCH, WIE SEHR DU UM IHN BESORGT BIST!

NIMM DAS HIER MIT! DAMIT KANNST DU SHIZUS HANDY TRACKEN!

YUKA-CHAN, WAS BIST DU FÜR EIN MENSCH ...!?

TRACKEN?

MACHE ICH...

BRING IHN WIEDER ZURÜCK!

ABER, YUKA ...

LASS MICH DA BLOSS RAUS!

CHIKA! HILF MIR!

DAS AM TELEFON WARST DU?!

EXFREUNDIN HIN ODER HER! DEIN EWIGES "SHIZU! "SHIZU!" NERVT ENORM!

PATSCH

ICH VERGEBE DIR NICHT, WIE DU DICH IN MEIN TELEFONGE- SPRÄCH MIT SHIZUMA EINGEMISCHT HAST!

TATSUMIS VERMU- TUNG WAR RICHTIG...

TSS ...

GORORO

DACHTEN DIE, ICH WÜRDE ZU VIEL GRÜBELN UND MIR WAS ANTUN...?

SO SCHNELL BEISSE ICH NICHT INS GRAS...

SMI

DU MUSST DICH NACHHER BEI ALLEN ENTSCHUL- DIGEN...

DARUM DIE VIELEN ANRUFE HEUTE...

HAST DU EBEN TATSUMI ERWÄHNT ...?

SEID IHR PLÖTZ- LICH DICKE FREUNDE?!

WAS NUN...? HIER IN DER PAMPA GIBT ES KEINE UNTER- KUNFT UND UM DIE ZEIT AUCH KEINE ZÜGE MEHR...

HATSCH!

HAT DIE ANRUFE AB- GEWIESEN, WEIL DER AKKUSTAND NIEDRIG WAR UND ER FOTOS MACHEN WOLLTE.

42

ICH HAB GEHÖRT, DASS DAS HAUS KEINEN KÄUFER FAND...

TAP

FRAGE MICH NUR, WIE NACH ZEHN JAHREN IMMER NOCH ALLES SO SAUBER SEIN KANN...

TAP

UNHEIM-LICH...

TAP

MINATO ...?

IRKS

WAS IST LOS? DU HAST DIESEN STARREN BLICK...

45

ES IST DAS ERSTE MAL, DASS ICH ES TUE...

VERSUCH ES ZU ERTRAGEN, AUCH WENN ES HART IST...

IST ES OKAY FÜR DICH, ÜBER DAMALS ZU REDEN?

PATT

PATT

TUBS...

GNÄDIGE FRAU...

IHRE MUTTER HAT ANGERUFEN. SIE IST WIEDER IM LANDE UND MÖCHTE SIE SEHEN...

ALS ICH DIE GRUND-SCHULE BESUCHTE...

WIE OFT HABE ICH SIE GEBETEN, DIESE FRAU EINFACH ZU IGNORIE-REN?

VER-ZEIHEN SIE...

... EINE KALT-HERZIGE PERSON, DIE NICHT MAL IHRE EIGE-NEN ELTERN EMPFANGEN WOLLTE.

... WAR MEINE MUTTER DIE HER-RIN DES HAUSES...

IHRE HASEN SIND IHR WICHTIGER ALS DIE EIGENE TOCHTER... UND FÜR DIE KINDER INTERESSIERT SIE SICH AUCH NIE...

GASCHANNN

ICH WERDE DAFÜR SORGEN, DASS KEINER VON EUCH MEHR EINEN SCHRITT IN DIESES DORF SETZEN KANN!

REISS DICH ZUSAMMEN, MUTTER!

DRIPP

JEDE NACHT SOLLT IHR EUCH IM SCHLAF AN MICH ERINNERN!

IHR HINTERGEHT MICH AUCH, WAS?

MINATO HAT NICHTS BÖSES GETAN!

ALLES KLAR!

IHR SOLLT EUREN BETRUG AN MIR EIN LEBEN LANG BEREUEN!

ICH HABE VERSTANDEN!

LASS MICH LOS, ITSUKI!

GNÄDIGE FRAU! BERUHIGEN SIE SICH!

ER SAGTE, SEINE FREUNDIN HABE IHN VERLASSEN ...

ACH ...

HIER, ETWAS WASSER ...

JA, SO IST ES...

ZUM ERSTEN MAL FÜHLTE SICH DA EINE FREMDE HAND ANGENEHM AN...

WUSSA

WUSSA

WUSSA

DU MUSST DEINEN BRUDERKOMPLEX NICHT AUFGEBEN!

HEY, VERWÖHN DEN JUNGEN NICHT ZU SEHR!

SEINE WARME HAND ...

WURDE VERLETZT, WEIL ER JEMANDEM VERTRAUT HAT...

WENN ES DICH SO QUÄLT...

AH, ER IST AUCH SO EIN FALL...

SIE HAT MICH HINTER MEINEM RÜCKEN BETROGEN ...

... UND WEIL SIE IHN MEHR LIEBT ALS MICH, HAT SIE MICH ABSERVIERT...

DU SOLLTEST IHR GENAUSO WEHTUN, WIE SIE DIR!

... SOLLTEST DU ES IHR HEIMZAHLEN...

ER IST GANZ ANDERS ALS MEINE MUTTER ...

ER KANN EINFACH ZÄRTLICH LIEBEN...

DASS ES SO EINEN MENSCHEN TATSÄCHLICH GIBT ...

DAS HAT MIR NOCH NIEMAND GESAGT...

ES SOLLTE EHER JEMAND WIE DU GLÜCKLICH WERDEN...

ICH WOLLTE NICHTS MIT EINEM HETERO ANFANGEN...

... DOCH BEI DEM TRAUMMANN, DER MICH SO BERÜHRTE, WURDE ICH SCHWACH...

JAAAAWOLLL!

JAWOLL!

HÄ...? WARTE MAL...!

JAWOLL!

DIR GEHT ES ABER OFFENBAR AUCH NICHT GUT! LOS, LASSEN WIR UNS VOLLLAUFEN!

WIESO IST ER BLOSS EIN HETERO...?

HACH, MIST...! ER IST SÜSS...

PATT

PATT

PATT

... HAT HIERMIT NICHTS ZU TUN!

BEI MEINEM VERDREHTEN CHARAKTER ...

DENK BLOSS DARAN, WAS ICH MIT DIR GEMACHT HABE...

DAS KANNST DU DOCH NICHT WISSEN!

DIESE DINGE SIND VORBEI!

WAS MIT DEINEN ELTERN UND IN DER VERGANGENHEIT WAR...

...?!

ZAAA

ICH NEHME DAS GANZE ABER NICHT SO LEICHT...

WAS IN DER VERGANGENHEIT PASSIERT IST, MUSS NICHT DEINE ZUKUNFT BESTIMMEN.

DAS KANN DEIN ICH VON HEUTE ÜBERNEHMEN!

BISHER WAR ICH ENGEN BEZIEHUNGEN IMMER AUS DEM WEG GEGANGEN ...

... UND PLÖTZLICH KOMMT SHIZUMA...

ZU KÜSSEN ...

... GESTREICHELT ZU WERDEN ...

... SICH GEGENSEITIG ZU BERÜHREN ...

DASS ALLEIN DIESE DINGE SO ERFÜLLEND SEIN KÖNNEN...

L- -ZUCK

HA...

AH...

GNÜÜÜ
ICH LIEBE DICH AUCH.
ICH LIEBE DICH...
... SEIT WIR UNS ZUM ERSTEN MAL BEGEGNET SIND.

ICH MUSS DEINEM BRUDER EIN BILD VON DIR AUF HEIMATBESUCH ZEIGEN.

FLOMPS

DU UND DEINE SCHNAPPSCHÜSSE ...

NOM
NOM
NOM

GRRRR

...

MAG SEIN, ABER...

PATSCH

PATSCH

ICH MUSS DIR MAL ERNSTHAFT DIE GRUNDLAGEN DER FOTOGRAFIE BEIBRINGEN.

BIST ECHT EIN BLUTIGER LAIE...

HA!

SCHWUMMER

IST DAS FOTO NICHT WIEDER UNSCHARF?

DAS ...

Bruderherz ♥
Videoanruf

HM...

B
ZZZ

B
ZZZ

B
ZZZ

B
ZZZ

TAP?

89

IST SHIZUMA BEI DIR?

PST
...PST

KLICK
KLICK
KLICK

JA, WIESO ...?

WAS GIBT'S, BRUDER-HERZ...?

BLING

ICH HABE DEN ANRUF NICHT FREIWILLIG GEMACHT

TSS

MORGEN, MINATO!

ICH BIN AUCH HIER!

SAGTE ICH NICHT, ICH WÜRDE DICH UM-BRINGEN, SOLLTEST DU ANRUFE VOM HANDY MEINES BRUDERS MACHEN?!

DU ...?!

FLOMPS

HAAAH... WAS SOLL DER SCHERZ, BRU...

WUIT

...DER...

OKAY, NUN SIEH DIR MAL DIESES SÜSSE GESICHT GAAANZ GENAU AN!

SÜSS KOMMT BEI MIR NICHT RÜBER...

HEY!

NA, NA! NICHT STREI-TEN!

UND NUN SIEH DIR SHIZUMA AN...

HÄ...?

... HAT DIE ANZAHL DER BRÜDER-PAARE GERADE ZUGENOM-MEN...

OFFEN-BAR...

HM...?

RTSCH

NA JA...

DAS KLINGT DOCH GAR NICHT SO SCHLECHT!

NOM

MH! LECKER!

WAS MAL WAR, IST NOCH NICHT GANZ ÜBER-WUNDEN...

... ABER EGAL...

SEUFZ

ERKLÄR DAS MAL UNSERER MUTTER!

GRMMM

HABT IHR UNSER VERSTECK AUCH NICHT BE-SCHMUTZT?

...

MINATO? ANTWORTE!

...

therapy game + Play More
# TEIL 1

DANN ABER SCHNELL. WIR WOLLEN ZUR VERABREDUNG DOCH NICHT ZU SPÄT KOMMEN...

HAAAH

HAAAH

ACH...

MINATO... MACHEN WIR NOCH ETWAS WEITER?

GIEK

SWIFF

MH... WEITER?

HEHE!

MUSS ICH DA WIRK-LICH MIT?

HEY, SAG MAL...

JA, HAB ICH, ABER...

WIEDER DIESER SÜSSE BLICK...

DU HAST VERSPRO-CHEN, MICH NOCH MAL ZU BEGLEI-TEN.

HÄTTE NIE GEDACHT, DASS DIESE GRUPPE SICH MAL VERSAMMELN WÜRDE...

WAAAH!! WAAAH!!

DUMME SACHE...

WAS SOLL DAS?! ICH WILL AUCH MIT IHM GEHEN!

DU STÖRST, SHOHEI!

ICH WILL JETZT MAL MIT MEINEM BRUDER WEG GEHEN! DA!

UND JETZT WÜRDIGT ER MICH KEINES BLICKES...

HEUTE MORGEN WAR ER NOCH SO ANSCHMIEGSAM...

ABER EGAL ∞

... DASS ES SO KOMMEN WÜRDE...

IRGENDWIE WAR MIR JA KLAR...

AUS TROTZ WOLLTE ER NUN REGELMÄSSIG DIE DATES SEINES GROSSEN BRUDERS STÖREN...

MINATO WAR DIESER BEZIEHUNG VON ANFANG AN MIT GEMISCHTEN GEFÜHLEN BEGEGNET...

...

HEY! WIE KANNST DU NUR SO RUHIG BLEIBEN?

FUH...

ドッ
ズッ
BONK

SCHON ALLEIN SEIN GLÜCKLICHES GESICHT ZU SEHEN IST MIR DIE SACHE WERT...

GEHT IHR BEIDE DIESE WOCHE IN DEN FUNPARK?

SHIZUMA UND ICH GEHEN AUCH!

GRM...

HÄ ?!

JA! DAS WIRD EIN SPASS! ♡

ACH, DANN GEHEN WIR DOCH ZU VIERT!

ICH WOLLTE IHNEN NUR ETWAS ZEIGEN, DAS SIE NICHT KANNTEN.

(NUN-SEHT-MAL-HER!-POSE)

SMIIII

BUCK'S

HABEN WIR ZU LAUT GERE-DET?!

WAH! HABEN SIE UNS GEHÖRT?!

BUCK'S

ES IST MIR KEIN BISSCHEN PEINLICH.

UND IM FUNPARK HALTEN OHNEHIN ALLE HÄND-CHEN!

DU WIRKST ÜBER-RASCHEND ENTSCHLOS-SEN.

IST DIR DAS GAR NICHT PEINLICH?

HA...

PST PST.

WUSEL

VERSTEHE... IST SELT-SAM...

GNÜ ...

DAS ALLES DÜRFEN WIR ESSEN?!

WAAAAH!

WAH! WAH!

DU SIEHST ETWAS TEIL-NAHMSLOS AUS. HAT DIR DAS DATE NICHT GEFALLEN?

MI-CHAN HAT VON SICH AUS AN SOUVENIRS FÜR UNS GEDACHT...!

WAAAH!

IRGEND-WIE...

... WAR ES NICHT GANZ, WAS ICH ERWARTET HATTE...

PUH ...

WENN IHR ALLES AUF EINMAL FLITTERT, WERDET IHR FETT ...

UND WEGEN DER GLATZEN MÜSSEN DIE FOTOSHOO-TINGS OFFEN-BAR ERST MAL AUSFALLEN...

WAR ALS DANK FÜR DAS SUPPORT-VIDEO GEDACHT.

RESERVIERUNGEN, BEZAHLUNG... ER HAT EINFACH ALLES ÜBERNOMMEN...

DAS NÄCHSTE MAL DARFST DU!

HAST DU SCHON WIEDER BEZAHLT ...?!

DAS HAST DU VORHIN AUCH SCHON GESAGT!

MEGA-SÜSSER KAKAO

ER HAT AN ALLES GEDACHT, WAS ICH MAG, UND SOGAR MEINE RAUCHERPAUSEN EINKALKULIERT...

STILLSCHWEIGEND HAT ER MICH VOR DER SONNE UND VOR DEN MENSCHENMASSEN GESCHÜTZT...

HÄ ...?

... HAT ER PLÖTZLICH MEINE TASCHE GETRAGEN...

OBWOHL ER SONST NICHT SO ÜBERAUFMERKSAM IST...

BEEIL DICH!

HÄ?

JA, TUT ER...

HEY ...!!!

SCHWÄRMT ER MIR GERADE DIE OHREN VOLL?

FUUUH

EHRLICH GESAGT WAR ES EINFACH ZU PERFEKT. ICH BRAUCHTE GAR NICHTS ZU TUN...

MIR GEFIEL DAS GEFÜHL NICHT, DASS ER BLOSS VON SEINER EX SO DRESSIERT WURDE...

ACH ...

SHIZUMA IST ECHT EIN NETTER BURSCHE.

TYPISCH SHOHEIS BRUDER ...

CLIP

DAS BERUHT DOCH BLOSS AUF EGOISMUS ...

PFFFF

PFFFF

PRIMA, DANN KANNST DU DIR DIE MÜHE SPAREN... SIEH ES DOCH SO!

HAST DU EIN PROBLEM DAMIT, SO GESCHÄTZT ZU WERDEN?

ES IST IM GRUNDE NUR BESCHÜTZER-VERHALTEN DEM SCHWÄCHEREN GEGENÜBER...

FÜR MICH MUSS MAN NICHT ALLES MÖGLICHE TUN...

ES REICHT, EINFACH AN MEINER SEITE ZU SEIN...

ALLE, DIE FRÜHER MAL MIT FRAUEN ZUSAMMEN WAREN, BEZOGEN DARAUS SELBST-BEWUSSTSEIN, AUCH WENN IHNEN DIE BEZIEHUNG NICHT GEFIEL... SO WAS INTERESSIERT MICH NICHT...

NA JA, IST MIR NICHT GANZ UNVER-STÄNDLICH ...

ABER DAS IST WAS ANDERES ...

KLAR WAR ES ANGENEHM, VOM IHM DINGE ZU BEKOMMEN ...

FRAUEN MÖGEN OFT EXTRA-VAGANTE SCHÖN-LINGE...

... ABER WÄHLEN WÜRDEN SIE NUR EINEN MANN, DER FÜR SIE SICHERHEIT AUSSTRAHLT ...

ER WIRKT MIR WIE EINER VON DER SORTE, DER NICHT VOM DENKSCHEMA „FRAU" LOS-KOMMT...

UND WENN DER SIE AUCH NOCH WIE EINE PRINZESSIN BEHANDELT, IST IHM DER ERFOLG GEWISS...

SO SIND FRAUEN EBEN...

HAU RUCK

HÄ? WIE MEINST DU DAS ...?

HÖRT, HÖRT! EIN BERICHT ÜBER DIE FRAUENSEELE...

... WIRD IHN DIR EINE ANDERE PLÖTZLICH WEGSCHNAP-PEN...

WENN DU NICHT ACHTGIBST, MI-CHAN ...

SNIPP

UND WO IST DIESER MÄRCHEN-PRINZ HEUTE...?

はっ
HAP

GRUUU
ゴゴゴ

DU MEINST, EINE FRAU KÖNNTE VERSUCHEN, EINEM WIE MIR DEN KERL AUSZUSPANNEN?!

HOHO!
けっ

ACH, WAR NICHT SO ERNST GEMEINT!

← RACHE FÜR DIE SCHWÄRMEREI

BELIEBT BEI DEN FRAUEN? ICH...?

AH, RICHTIG! ER WILL JA TIERARZT WERDEN!

ER ÜBER-NACHTET IN DER UNI. DIE GEBURT EINES KALBES ZIEHT SICH ETWAS HIN...

15:4

1 neue Nachricht
Shizuma Ikus

...

ER MEINTE, DANACH WÜRDE ER ZU MIR KOMMEN...

AH...

BIBBER

BIBBER

MUMBL

DAS HAB ICH NICHT GEMEINT. ABER DAS KALB IST SÜSS...

ES ZITTERT TOTAL

JA, KANN SEIN ...

IMMER WENN ICH ANWESEND BIN, WERDEN WEIBLICHE TIERE GE-BOREN...

... WIE VIELEN MENSCHLICHEN WEIBCHEN DU SCHON NÄHER-GEKOMMEN BIST...

MEINE FRAGE WAR EHER...

ICH IDIOT ...!

FANGE SELBST DAVON AN UND BIN DANN IRRI-TIERT...

WIESO MACHE ICH MIR ÜBER VERGANGENE GESCHICHTEN ÜBERHAUPT GEDANKEN ...?

GRM

HAT ER NICHT GERADE LANGE GERECH-NET...?

EINEM... ODER ZWEI...?

WENN ER LÜGT, MACHT ER DAS GUT...

BONKS

HÖR MAL...

JETZT GIBT ES FÜR MICH NUR NOCH DICH...

JA, DAS WEISS ICH DOCH...

BONKS

KEINE AHNUNG!

KANNST DU DIR DOCH DENKEN, WENN DU SO BELIEBT BIST!

WENN DU NICHTS SAGST, KANN ICH ES NICHT WISSEN!

(FINGER)
PIKS

AUA!

SWIFF

KNÜSCH
MU

いっ

WIESO MACHST DU DANN SO EIN GESICHT?

GIEK
HEY, ÜBER-NACHTE HEUTE BEI MIR...
SWIFF
ICH WILL DICH NICHT MEHR NACH HAUSE GEHEN LASSEN...
OKAY...
MH ...
GIEK
FUH ...
UH...

SHIZU-KUN! DU MUSST HELFEN...!

HAL...

SORRY ...

SCHON GUT. GEH RAN...

MUSS WEGEN POTENZIELLER TIERNOTFÄLLE ABRUFBEREIT SEIN.

BZZZ BZZZ BZZZ

WO IST DER PROF? IST DENN SONST KEINER DA? TATSUMI WAR DOCH DA!

SEINE EXFREUNDIN YUKA...!

DIE...

... DIE WEHEN HABEN EINGESETZT ...!

DIE...

ER IST ZU NICHTS MEHR ZU GEBRAUCHEN!

KLACKA

DER PROF UND DIE ANDEREN SIND BEREITS WEG. ICH ERREICHE KEINEN!

MUUUUUUH

ALLES GUT... ALLES GUT... ENTSPANN DICH...

KLACKA

BITTE KOMM SCHNELL!

(ICH KRIEGE AUCH EIN KLEINES...!)

DA IST SIE ...!

WEHEN...? DIE GEBURT IST DOCH VORBEI!

IIIRK

ALS ICH NACH YUKIS KLEINEM SEHEN WOLLTE, SETZTEN PLÖTZLICH BEI HANA DIE WEHEN EIN!

DU BIST DER EINZIGE, AUF DEN ICH MICH VERLASSEN KANN...!

DAS ...

... SAGST DU NUR, WEIL DU DAMIT MEINEN SCHWACHPUNKT TRIFFST, WAS?

ICHMMM...

DRIBBER

GEH NUR ...!

YUKA IST ALLEIN ÜBERFORDERT, ODER?

GLUBS

ICH KANN HEUTE NICHT! DU WILLST AUCH TIERÄRZTIN WERDEN. ALSO SOLLTEST DU SELBSTSTÄN...

TUBS

DIESES TREULOSE WEIB HAT NICHT DAS RECHT, DIR ZU SAGEN, DASS SIE DICH LIEBT!

ZAAAA

ICH LIEBE DICH, SHIZU...!

WAAAH!

VERSUCH NOCH MAL, DEN PROF. ZU ERREICHEN!

HAAAH ...

ICH BIN UNTERWEGS. BEREITE ALLES VOR UND WARTE!

BIBBER

BIBBER

BIBBER

BIBBER
BIBBER
BIBBER

← NEUGEBOREN

WAS SOLL DAS ...?

UND? WIE FÜHLT SIE SICH AN, DEINE ERSTE BEZIEHUNG? ♥

DASS DU MAL EINEN FESTEN FREUND HAST, MINATO...!

ICH MAG SHIZUMA ...

TJA, ICH WEISS NICHT RECHT ...

TROTZDEM BRINGT MICH JEDE KLEINIG-KEIT AUS DER FASSUNG...

DAFÜR GEHEN ESSEN UND DRINKS AUF UNS ...

VERSTEHT SICH VON SELBST...

KÖNNEN WIR DAS THEMA LASSEN? ICH BIN HERGE-KOMMEN, UM EINFACH NUR ZU TRINKEN...

IHR NERVT ...

ICH WILL ES ABER HÖREN ...!

HAT ER VON HETERO AUF BI GEWECHSELT ODER HATTE ER SCHON IMMER EINE SCHWULE NEIGUNG?

IST ES NICHT SO, DASS ER VORHER NUR MIT FRAUEN ZUSAMMEN WAR...?

GLING

ICH HATTE MIR EINE BEZIEHUNG ANGENEHMER VORGE- STELLT.

KANN ICH DIR ERZÄHLEN, DOCH EINE NETTE GE- SCHICHTE IST ES NICHT...

ZAFF

ACH, NEIN?

SCHON GUT. RAUS DAMIT...

...

HM... TJA, WIRD WOHL SO SEIN...

JEDEN- FALLS HATTE ER GLEICH AM ANFANG EINEN STÄNDER

KEINE AHNUNG, ABER... WAHR- SCHEINLICH HATTE ER DIE NEIGUNG...

ACH ...

DEIN EX WAR DOCH AUCH BI, ODER? WIE WAR DAS DENN FÜR DICH?

TJA...

ER HAT
GEHEIRATET
...

... UND
ANGEBLICH
BEREITS
DAS ZWEITE
KIND...

DIESE DINGE
HABEN AN IHM
GENAGT UND
SO GING ES
DEN BACH
RUNTER...

ER ENT-
SCHIED
SICH DANN
DOCH
FÜR EINE
FRAU...

... UND
SEINEN
KINDER-
WUNSCH
...

... DIE
ERWAR-
TUNGEN
SEINER
ELTERN
...

ES GAB
DA SEINEN
GUTEN
RUF...

... DIE
BI-KERLE
HABEN
ENTSPRE-
CHEND MEHR
WAHLMÖGLICH-
KEITEN ALS
WIR...

SCHLIMM,
NACH DER
SCHÖNEN
ZEIT MIT
IHM SO ZU
REDEN,
ABER...

ER WOLLTE
VERMUTLICH
EINFACH DIESE
SORGEN LOS
SEIN...

... UND MANCHE
ENTSCHEIDEN
SICH EBEN FÜR
DEN BEQUEMEN
WEG...

TJA
...

... DANN LASS DICH NICHT ZU SEHR DARAUF EIN.

WENN DU NICHT VERLETZT WERDEN WILLST...

„ICH WERDE DICH NICHT HINTERGEHEN, SHIZUMA."

„WIR KOMMEN KLAR."

WIESO FÄLLT MIR DARAUF KEINE ANTWORT EIN...?

HÄ...?

GWOOO

therapy game + Play More
TEIL 2

WIESO
...

... EINER VON DIESEN LÄDEN...

... GEHT ER BLOSS IN SOLCHE KLUBS...?

DU SOLLTEST LANGSAM AUFHÖREN, MINATO!

NEIN! ICH WILL WEITER-SAUFEN!

TSS...

WEIL DU IHN ABGEFÜLLT HAST!

MIST! WIESO IST ER PLÖTZLICH SO SCHNELL BESOFFEN?

VERGESST NICHT, DIE RECHNUNG GEHT AUF EUCH!

MINATO... SORRY, ABER WIR WOLLEN DIR IM GRUNDE NUR HELFEN...

... DANN LASS DICH NICHT ZU SEHR DARAUF EIN...

WENN DU NICHT VERLETZT WERDEN WILLST...

SO WÄRE ES MIT IHM NICHT...

WOBEI ...?

TSS...

ER IST SO EHRLICH UND NETT, DASS ER FAST ZU SCHADE FÜR MICH IST...

DAS WEISS ICH ALLES...

SHIZUMA IST NICHT DER TYP, DER JEMANDEN HINTERGEHEN WÜRDE...

TROTZDEM DENKE ICH MIR... EINES TAGES...

... EINES TAGES...

NEIN, SO WIRD ES NICHT KOMMEN, VERDAMMT ...!!

ZUFF

OHHHH...!

HÄ
...?

WIE...?
DAS
IST ALSO
SHIZUMA?

ABER
TOLLE
HÜFT-
MASSE!
GEFÄLLT
MIR!

TOTAL
UNAUF-
FÄLLIG!

ER-
STAUN-
LICH...

SPART
EUCH DIE
KOMMEN-
TARE!

MINATO
...

ICH
BIN HIER,
UM DICH
ABZUHOLEN.

WAS
MACHST
DU HIER
...?

LASS UNS GEHEN.

FLOMP

WUIT

NEIN.

ICH WILL HEUTE HIER-BLEIBEN.

DANN SETZ DICH DOCH EIN-FACH ZU UNS, SHIZUMA! ♪

GRAPP

JÄMMER-LICHE REAK-TION, WAS?

GNIII

UPS ...

NUN ZIER DICH NICHT SO!

WENN DU MINATOS FREUND BIST, BIST DU QUASI AUCH UNSER FREUND! ♡

SNÜÜÜ

NEIN, ICH WERDE GLEICH WIE-DER GEHEN ...

WAH! KEINE ÜBLE BRUST...!

DU RIECHST IRGENDWIE NACH HEU... TOLLER GERUCH!

WO KOMMST DU DENN HER...? HEHE...

SWIFF

HÄ?! HEY...

SWIFF

HEY ...

HABT IHR DIESES FOTO GE-SCHICKT?

WOVON REDET IHR...?

SO IST ES! DU KOMMST ZIEMLICH SPÄT...!

DA WIR SCHON MAL SO ZUSAM-MEN SIND... WIE WÄR'S MIT EINEM VIERER?

JA, GENAU! WIR VER-STEHEN UNS DOCH ALLE PRIMA...

ICH DENKE, WIR KÖNN-TEN DICH GUT BEFRIE-DIGEN...

WOOOSCH

... DASS
BI-KERLE
VON FRAUEN
WEGGE-
SCHNAPPT
WERDEN
ODER
BETRÜGEN
...

HAAAH...

IHR
BEIDE
MIT EUREN
SPRÜCHEN
...

BIBBER

IHR
SCHÜRT
ALL DIESE
ÄNGSTE...

ABER
...

GRAB
MINATO!
HAAAH...
WENN DU DICH AN SOLCHEN ORTEN RUMTREIBST, GIB MIR WENIGSTENS BESCHEID!
ICH MACHE MIR SONST SORGEN!
...
WAS SOLLTE DAS GEREDE VON WEGSCHNAPPEN UND HINTERGEHEN...?
NUN REDE ENDLICH MIT MIR!
REDEN?
MIT DIR?

... DIR ZU VERTRAUEN ...?

... UND DU DIR EINE FRAU NIMMST ...?

OBWOHL ICH DIR VERSPROCHEN HATTE...

ÜBER MEINE ANGST, DASS DIR EINES TAGES DIE AUGEN AUFGEHEN WERDEN...

...

DA GIBT ES NICHTS ZU REDEN.

WARUM VERSCHLIESST DU DICH SO VOR MIR?

DAS KANN ICH IHM NICHT SAGEN...

ICH WOLLTE NUR EIN WENIG TRINKEN UND DANN GEHEN...

HAB MICH DANN ABER BESOFFEN UND BIN GEBLIEBEN.

ALS ICH DENEN VON DIR ERZÄHLTE, ÄRGERTEN MICH IHRE DUMMEN SPRÜCHE. DAS IST ALLES...

AUF DIE ART WERDE ICH DIR NIE NAHE-KOMMEN KÖNNEN.

ICH WINKE MAL EIN TAXI RAN. WARTE!

TJA ...

TAPPA

UAH ...!

ICH HABE MICH WIEDER GEIRRT...

Trois Lap

HÄ...? SEIT WANN BIST DU SO SCHARF-SINNIG ...?

IHR SEID ERST SO KURZ ZUSAMMEN UND HATTET BEREITS STREIT...?

ACH, DAS MERKT MAN DOCH SOFORT ...!

IST NICHT ZU ÜBER- SEHEN...

FRUUUUUH

SETZ DICH WENIGS- TENS AUF EINEN STUHL...

BONK'S

BONK'S

MINATO, DU BIST NUR IM WEG...!

WIR ÖFFNEN DOCH GLEICH ...!

WENN DU NICHT ARBEITEST, FLIEGST DU RAUS!

WIE REDET SIE MIT IHREM ENKEL, DIE ALTE HEXE...!?

DU BIST ECHT DER WAHN- SINN...

ICH HATTE MICH WEGEN DEINES BRUDERS BESOFFEN UND IHM DANN LÜGEN ERZÄHLT UND DU BIST GAR NICHT SAUER...

DU BIST SO VIEL STÄRKER ALS ICH...

NUN LASS DICH ENDLICH TRÖSTEN!

HIER ...!

SHOHEI ...

ICH LINDERE DEINEN SCHMERZ ...!

WAS FLAUSCHI- GES...!?

HAAAAH...

ICH HATTE MIR DINGE AUSGEMALT, DIE NOCH GAR NICHT PAS-SIERT SIND, UND ANGST BEKOMMEN...

ICH HABE DEINEN BRUDER MIT SORGEN ZURÜCK-GELASSEN...

PFFF

ACH...

DACHTE MIR GERADE, DU BIST WIE EIN MÄDCHEN, DAS ÜBER SEINEN LIEBSTEN SPRICHT... EIN-FACH SÜSS!

RUCKS

WAS IST ...?

KLAR IST ES NICHT SCHÖN, SOL-CHE ÄNGSTE ZU HABEN, ABER...

... SO EINE SCHLIMME SACHE IST ES NUN AUCH WIEDER NICHT, ODER?

AAAAAAH! あ

SAG DAS NOCH MAL!

NEIN! ICH WOLLTE MICH NICHT ÜBER DICH LUSTIG MACHEN!

WIESO MUSS DIE TATSACHE, DASS ICH BI BIN, BEDEUTEN, DASS ICH IHN VERLASSE ...?

SOLL DAS HEISSEN, VIELE ENTSCHEIDEN SICH IN DEM FALL...

... NICHT WEGEN EINER GEFÜHLSÄNDERUNG LETZTENDLICH FÜR DAS ANDERE GESCHLECHT, SONDERN UM DER MEHRHEIT ZU ENTSPRECHEN ...?

**ALS LGBT LEBEN**

"IHR BEIDE MIT EUREN SPRÜCHEN, DASS BI-KERLE VON FRAUEN WEGGE-"SCHNAPPT" WERDEN ODER BETRÜGEN...

"IHR SCHÜRT ALL DIESE ÄNGSTE...

DIE REALITÄT SEXUELLER MINDERHEITEN

MAL ANGENOMMEN, DAS MIT DEM WEGSCHNAPPEN WAR WIRKLICH SO ZU VERSTEHEN...

NOCH ETWAS KAFFEE ...?

... DESHALB GLEICH ZU DENKEN ...

JA, BITTE ...

KLAR, VORURTEILE HABE ICH SELBST ERLEBT...

NACH LÄNGERER BEZIEHUNG GÄBE ES BESTIMMT SO MANCHE HERAUSFORDERUNG, ABER...

... DASS ICH EINES TAGES EINE FRAU VORZIEHE ...!?

VOR-
URTEILE?
HERAUS-
FORDE-
RUNGEN?

KLACK

AUF ALL
DAS...

... HAB
ICH MICH
DOCH
LÄNGST
GEFASST
GEMACHT
...

KANN ER
DAS ALLEN
ERNSTES
ANNEHMEN?

BITTE
SEHR...

DANKE
...

DA
ETWA
...!

KLACK

KLACK

KLACK

KLACK

KLACK

ODER
DA...!

HAT
ER DENN
SCHON VER-
GESSEN, WIE
VERZWEIFELT
ICH MICH UM
IHN BEMÜHT
HABE...?!

DA
HÄTTE
ICH WOHL
AUCH
VORSICH-
TIGER SEIN
MÜSSEN...

ER IST
OHNEHIN
JEMAND, DER
EHER NEGATIV
DENKT...

FUUUH...

WIE AUCH
IMMER
...

IRGENDWIE
VERSTEHE
ICH DIESE
ÄNGSTE
AUCH...

OB ER MIT ZUNEHMEN-DEM ALTER AUCH ETWAS RUNDLICHER WIRD?

...ANKEN ZUM KINDERWUNSCH

...ESUND IM ALTER

WIE SÜSS ...!

Wo bist du gerade?

In Forttown.

Ah, alles klar...

Donnerstag    Jetzt

Minako Mito
1 neue Nachricht
Zur Ansicht wischen

!

WAS SOLL DAS?

B Z Z Z

WIE SCHÖN GROSS DER MOND HEUTE IST...!

AH...

DIE STIMMUNG IST ANGESPANNT ...

HAT ER WIEDER SCHLECHTE LAUNE?

GNNN

HM...

SORRY ... MUMBL

WENN DIR NUR...

... EINE KUH DIE EIER ABFRESSEN WÜRDE, SODASS DU IMPOTENT WÄRST...

VERTRAUEN IST EBEN NICHT SO EINFACH...

WAS SAGST DU FÜR SCHLIMME SACHEN ...?

HÄ?

HEY, MINATO... DAS IST DOCH...

DANN KÖNNTE DICH...

ICH... HAB MICH...

TAP

ABER ICH...

... KEINE FRAU ODER SONST JEMAND MIR WEGSCHNAP-PEN...

IN WELCHEM VERHÄLTNIS STEHST DU ZU DEN BEIDEN?

IHR SCHEINT SEHR VERTRAUT ZU SEIN...

HEY! IHR HABT AN MEINEM HANDY RUMGEFUMMELT!

...

VERDAMMT ...!

SOLLTEST EBEN NICHT DEN GEBURTSTAG DEINES BRUDERS ALS PIN NEHMEN!

HM?

PATT

LEUTEN DIE JUNGFRÄULICHKEIT ZU RAUBEN UND DANN ZU BEHAUPTEN, SIE SEIEN NICHT MAL BEKANNTE, IST GEMEIN! ♡

KEIN GRUND FÜR IRGENDWELCHE BEDENKEN. VERGISS ES EINFACH!

SIE SIND NICHT MAL RICHTIGE BEKANNTE, GESCHWEIGE DENN FREUNDE ...

SMILE

HM ...?

HÄÄÄH...?

DAS STIMMT DOCH NICHT, MINATO!

ALSO DANN, IHR ZWEI...!

LASST UNS MAL WIEDER WAS TRINKEN GEHEN!

UND EIN VIERER WÄRE UNS JEDERZEIT WILLKOMMEN! ♪

SEI VORSICHTIG, SHIZUMA! SOLCHE TYPEN KÖNNEN DIE ÄRGSTEN SADISTEN SEIN!

ABER ER BEHERRSCHT DAS FESSELN GANZ TOLL. DARUM WIEDER EMPFEHLENS-WERT!

LASS DICH MAL ORDENTLICH EINSCHNÜREN, DANN WILLST DU NICHTS ANDERES MEHR...! ♡

BYE-BYE...! HEHE!

LUSTIGE TYPEN...

VROOO

GRAB

MINATO?

HÖR MAL... ICH SAGTE DIR DOCH...

WUIT

LOS, LASS UNS NACH HAUSE GEHEN UND WAS TRINKEN...

GENAU DARUM MACHE ICH DAS ...

GLITT

ZUCK

AH...!

HA... AH!

GNÜÜÜ

GLITT

VER-DAMMT...! ICH KANN NICHT MEHR!

MMMMH ...♥

MEIN SCHWANZ SPIELT SCHON VER-RÜCKT!

WIE LANGE WILLST DU MICH NOCH QUÄLEN?

GLITT GLITT

GLITT

FUUUH...

FUUUH...

DAMIT DU NIE WIEDER AUF DIE IDEE KOMMST, MICH ANZU-LÜGEN...

GLITT

GLITT

DU HAST AUCH FEHLER GEMACHT ...!

WARUM SOLL NUR ICH SCHULD SEIN...?

DU GEHÖRST SCHLIESS- LICH MIR!

... UND DASS DU MIT YUKA NOCH SO RUMKI- CHERST...

MICH NERVT DEIN BENEHMEN, DASS DU VON DATES MIT FRAUEN GEWOHNT BIST...

... UND DASS DU DICH SO LEICHT VON ANDEREN KERLEN ANFASSEN LÄSST...

DAS ALLES MAG ICH GAR NICHT!

KISS

GIEK

ES STÖRT DICH SO SEHR, DASS DU WEINST...

TUT MIR LEID, WENN DICH DAS VERUN- SICHERT HAT...

DA KANN ICH DIE TRÄNEN EBEN NICHT ZU- RÜCKHALTEN!

KICK

ZOCK

KLACKA KLACKA

ZOCK

DRÜCK

HEY
...

WENN DU SO BRU-TAL DARAN RUMZERRST, WERDEN DEINE HAND-GELENKE...

RUBS

ICH BIN BRAV IN MICH GE-GANGEN
...

DARF ICH DICH NUN HALTEN ...?

ROMP

AH!

MH!

VIELLEICHT SOLLTE ICH IHN ÖFTER VERÄRGERN ...

HAAAH... BIN VÖLLIG FERTIG... DACHTE, ICH STERBE VOR LUST...

CHZZZ

ZOCK

TUBS

UPS...

FLAPP

FLAPP

FLAPP

WAS IST DAS...?

...FÄLLT ...!

WAS DA ALLES RAUS...

WENN IHR HOMO SEID UND ANS HEIRATEN DENKT...
LEBENSPLANUNG MIT ZUKUNFT!?

!!

HÄ?

FREEEEEZE

GUAH...

WAS IST LOS, MINATO?

ICH WÜRDE GERN DAS MIT DIR ERLEBEN...

ALTER

FINDEST DU?

SO MACHT MAN SICH NUR ZUM AFFEN...

ALS ALTE KNACKER IM HERZ-PARTNER-LOOK?

NEIN, NEIN...

NEIN...

WENN WIR MAL ALT SIND, IST DAS VIELLEICHT GAR KEIN SO SELTENER ANBLICK...

AUSSER-DEM...

AUS SOLCHEN GRÜNDEN MUSS ICH DICH ALSO KEINESFALLS AUFGEBEN.

... IN SACHEN STANDES-REGISTER, KINDER-WUNSCH, SOZIALE SICHERHEIT UND SO WEITER...

... GIBT ES DANK DER BEMÜHUNGEN ANDERER BEREITS JETZT LÖSUNGEN...

WENN ICH MIT JEMANDEM ALT WERDEN WILL...

... DANN MIT DIR.

GNNN

ABER DESHALB ...

IM ALTER

VERSTEHE!

GIEK

... WILL ICH DAS HIER NOCH LANGE NICHT!

WAR BLOSS SO EINE ÜBER-LEGUNG. VERGISS ES EINFACH...

?!

GÜRTEL → SLOINK

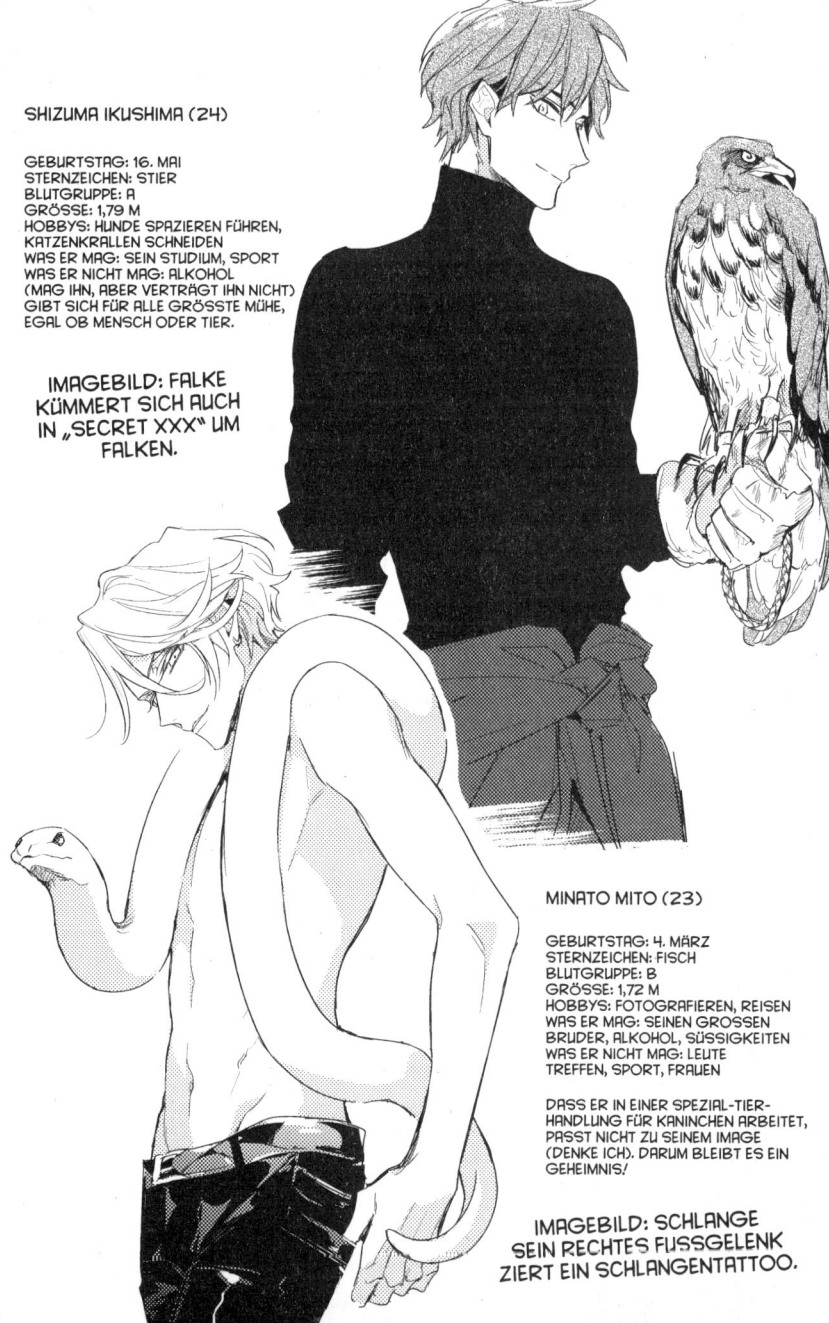

**SHIZUMA IKUSHIMA (24)**

GEBURTSTAG: 16. MAI
STERNZEICHEN: STIER
BLUTGRUPPE: A
GRÖSSE: 1,79 M
HOBBYS: HUNDE SPAZIEREN FÜHREN,
KATZENKRALLEN SCHNEIDEN
WAS ER MAG: SEIN STUDIUM, SPORT
WAS ER NICHT MAG: ALKOHOL
(MAG IHN, ABER VERTRÄGT IHN NICHT)
GIBT SICH FÜR ALLE GRÖSSTE MÜHE,
EGAL OB MENSCH ODER TIER.

IMAGEBILD: FALKE
KÜMMERT SICH AUCH
IN „SECRET XXX" UM
FALKEN.

**MINATO MITO (23)**

GEBURTSTAG: 4. MÄRZ
STERNZEICHEN: FISCH
BLUTGRUPPE: B
GRÖSSE: 1,72 M
HOBBYS: FOTOGRAFIEREN, REISEN
WAS ER MAG: SEINEN GROSSEN
BRUDER, ALKOHOL, SÜSSIGKEITEN
WAS ER NICHT MAG: LEUTE
TREFFEN, SPORT, FRAUEN

DASS ER IN EINER SPEZIAL-TIER-
HANDLUNG FÜR KANINCHEN ARBEITET,
PASST NICHT ZU SEINEM IMAGE
(DENKE ICH). DARUM BLEIBT ES EIN
GEHEIMNIS!

IMAGEBILD: SCHLANGE
SEIN RECHTES FUSSGELENK
ZIERT EIN SCHLANGENTATTOO.

WENN ICH IHN BESUCHE ...

... SIND SEINE AUGEN MEIST BLUTUNTERLAUFEN...

DEADLINE 1:
JUBILÄUMS-FOTOS FÜR BAR,
DEADLINE 2:
WERBE-KALENDER-FOTOS FÜR KANINCHEN-LADEN
DEADLINE 3:
WERBE-FOTOS FÜR NEUE FIRMA EINES FREUNDES

... DAFÜR PLAGEN IHN MANCHMAL DEADLINES.

GRUMMM

HEUTE MORGEN ...

ICH... HATTE DIR DOCH GESAGT, DASS ICH KOMME...

↓

2 SCHLAF-LOSE NÄCHTE

ACH JA...?

WAS WILLST DU?

KILL KILL KILL KILL KILL KILL KILL ...

DADADADA

DADA

DARUM VERMEIDE ICH SEIT-DEM JEDE UNNÖTIGE FRAGE...

DAS IST WIEDER ECHT GRAUEN-HAFT...

WENN ER ARBEITSSTRESS HAT, IST IHM ALLES ANDERE EGAL.

AUCH SEINE WOHNUNG SIEHT DANN SCHRECK-LICH AUS ...

... ZU FRAGEN, WORAUFHIN ER MICH FAST UMBRACHTE...

DU FOTO-GRA-FIERST DOCH NUR. WAS RAUBT DIR DA SO VIEL ZEIT?

ICH WAGTE MAL...

??

KOMM NICHT WIEDER, BIS ICH ES ER- LAUBE!

DU LENKST MICH AB!

HAU AB!

DU STÖRST!

GRAAA

WAMM

ÄH... HEY!

PUSH

GRRR—

SO FÜHLT ES SICH ALSO IN DIESER ROLLE AN...

NACHBAR

! 

Geschafft!

Du kannst kommen!

BZZZ

EINIGE TAGE SPÄTER ...

HIER ...

GASCH

MINATO?

ALS ICH DARAUFHIN GLEICH ZU IHM EILTE...

RATTER

RATTER

GUTEN TAG!

JEMAND ZIEHT UM...

OH...

ICH WÜSSTE DA EINE WOHNUNG FÜR DICH ...

ALTES GEBÄUDE, JEDOCH GUT GELEGEN UND GERÄUMIG...

GERADEZU PERFEKT FÜR EINEN SINGLE-HAUSHALT...

DIE NACH-BARWOHNUNG...

NEBENAN WIRD ALSO FREI?

WIE...? MEIN NACH-BAR?

WILLST DU NICHT VON ZU HAUSE AUSZIEHEN?

...

SSSP

VERSTEHE...

NEIN, ICH PASSE...

ICH MÖCHTE GERN WAS GRÖSSERES FINDEN, WO ICH MIT DIR ZUSAMMENWOHNEN KANN...

HÄ?

HÄ?

ABER ERST, WENN ICH MEIN EXAMEN GESCHAFFT HABE!

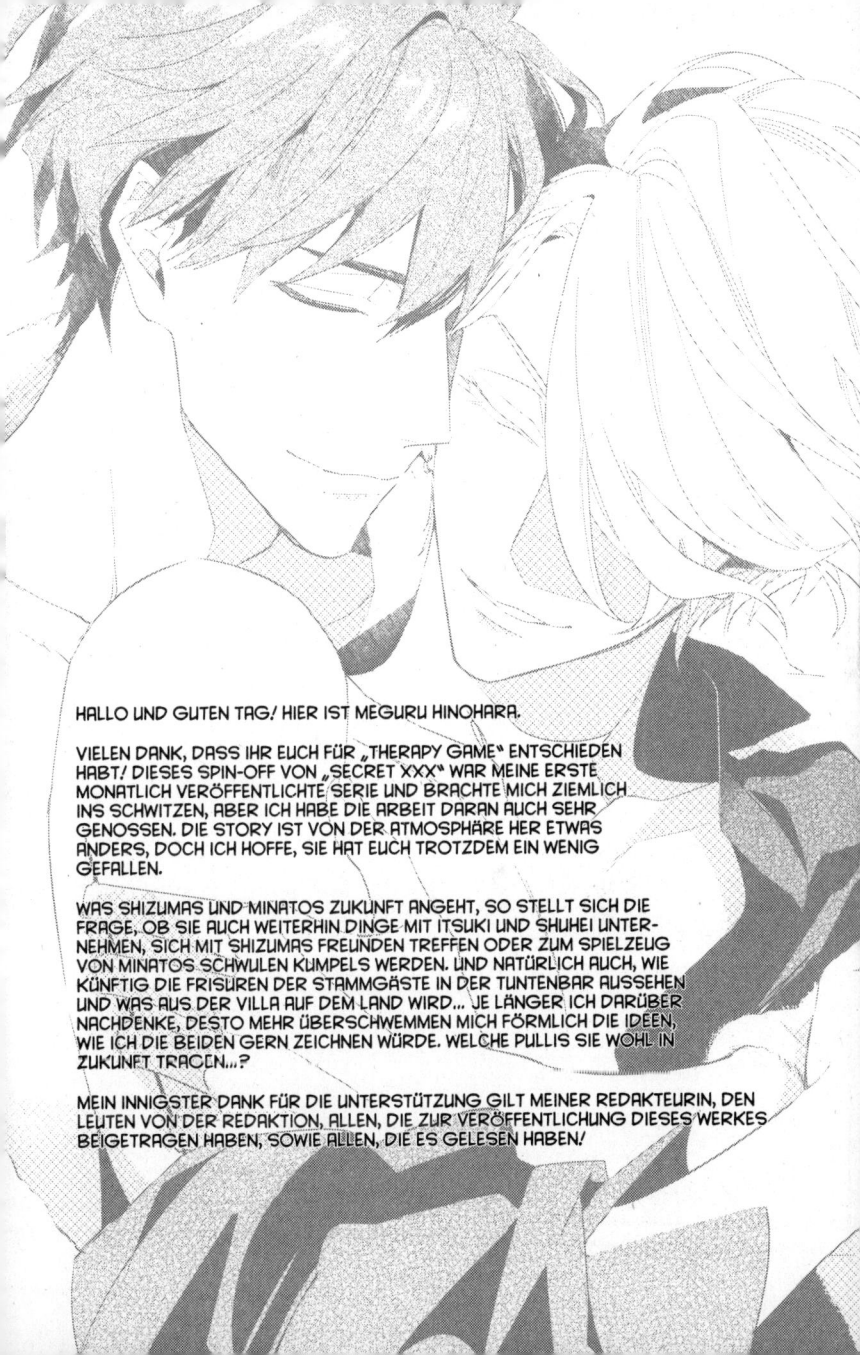

HALLO UND GUTEN TAG! HIER IST MEGURU HINOHARA.

VIELEN DANK, DASS IHR EUCH FÜR „THERAPY GAME" ENTSCHIEDEN HABT! DIESES SPIN-OFF VON „SECRET XXX" WAR MEINE ERSTE MONATLICH VERÖFFENTLICHTE SERIE UND BRACHTE MICH ZIEMLICH INS SCHWITZEN, ABER ICH HABE DIE ARBEIT DARAN AUCH SEHR GENOSSEN. DIE STORY IST VON DER ATMOSPHÄRE HER ETWAS ANDERS, DOCH ICH HOFFE, SIE HAT EUCH TROTZDEM EIN WENIG GEFALLEN.

WAS SHIZUMAS UND MINATOS ZUKUNFT ANGEHT, SO STELLT SICH DIE FRAGE, OB SIE AUCH WEITERHIN DINGE MIT ITSUKI UND SHUHEI UNTER-NEHMEN, SICH MIT SHIZUMAS FREUNDEN TREFFEN ODER ZUM SPIELZEUG VON MINATOS SCHWULEN KUMPELS WERDEN. UND NATÜRLICH AUCH, WIE KÜNFTIG DIE FRISUREN DER STAMMGÄSTE IN DER TUNTENBAR AUSSEHEN UND WAS AUS DER VILLA AUF DEM LAND WIRD... JE LÄNGER ICH DARÜBER NACHDENKE, DESTO MEHR ÜBERSCHWEMMEN MICH FÖRMLICH DIE IDEEN, WIE ICH DIE BEIDEN GERN ZEICHNEN WÜRDE. WELCHE PULLIS SIE WOHL IN ZUKUNFT TRAGEN...?

MEIN INNIGSTER DANK FÜR DIE UNTERSTÜTZUNG GILT MEINER REDAKTEURIN, DEN LEUTEN VON DER REDAKTION, ALLEN, DIE ZUR VERÖFFENTLICHUNG DIESES WERKES BEIGETRAGEN HABEN, SOWIE ALLEN, DIE ES GELESEN HABEN!

# EGMONT

www.egmont-manga.de
facebook.com/EgmontManga
instagram.com/EgmontManga
twitter.com/EgmontManga

Boys Love

## Reibun Ike
# HEISSE NÄCHTE, KALTER STAHL

Schutzgelderpressung, Auftragsmorde, Drogenschmuggel: Alles kein Problem für den selbstbewussten Yakuza Kabu. Nun soll er seinen Vater an der Spitze der Umezaki Familie beerben und die Führung übernehmen. Doch Kabu fühlt sich wohl in seiner bisherigen Position und mit Nirasawa an seiner Seite, der ihm seit Jahren treuergeben ist – bis dieser plötzlich ins Visier der Verhandlungen um die Erbfolge gerät...

**Heiße Nächte, kalter Stahl**
**Band 1** ISBN 978-3-7704-2724-6
€ 7,50 [D]

MANGA
漫画

EGMONT

# EGMONT

www.egmont-manga.de
facebook.com/EgmontManga
instagram.com/EgmontManga
twitter.com/EgmontManga

Boys Love

## Hitsuji Sakura
# PASSION DRAWING

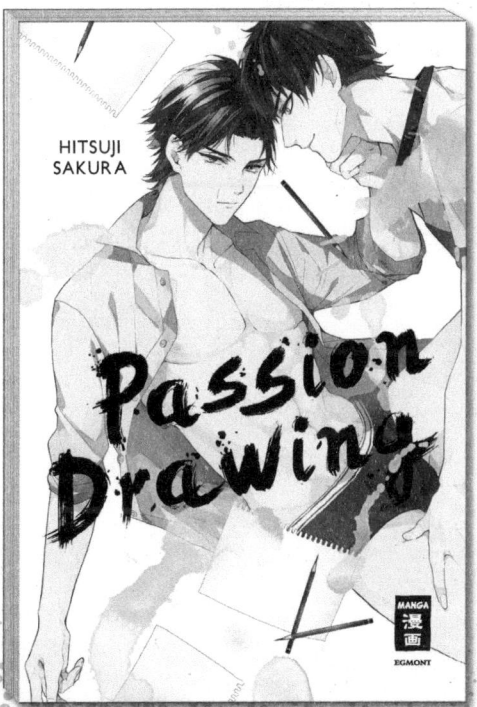

HITSUJI SAKURA

Daiki ist Zeichner und hat eine Vorliebe für Männerkörper. Als sich der athletische Yusuke bereit erklärt, für ihn zu posieren, ist er kaum zu bremsen. Und der intime Moment, in dem Daiki Yusukes fast nackten Körper mit Blicken und Händen studiert hat, bleibt beiden in Erinnerung. Warum war diese Situation nur so aufregend?

**Passion Drawing**
**Einzelband** ISBN 978-3-7704-2655-3
€ 7,50 [D]

MANGA
漫画

EGMONT

EGMONT

www.egmont-manga.de
facebook.com/EgmontManga
instagram.com/EgmontManga
twitter.com/EgmontManga

**Boys Love**

## Muno
# BOYS AFTER DARK

Nach einigen missglückten Beziehungen mit Frauen beschleicht Akashi das Gefühl, dass er vielleicht doch auf Männer steht. Als er zufällig erfährt, dass sein gutaussehender Kommilitone Yagi angeblich schwul sei, spricht er ihn aus Neugier direkt an. Was er nicht erwartet hat: Yagi begrüßt ihn mit einem innigen Kuss! Ist das eine angenehme Verwechslung oder kommt Akashi tatsächlich so gut beim gleichen Geschlecht an?

**Boys after Dark**
**Einzelband** ISBN 978-3-7704-2715-4
€ 7,50 [D]

MANGA
漫画

www.egmont-manga.de

EGMONT

# EGMONT

Boys Love

## Shizuku Namie | Touko Sunahara | Minagi Asaoka
# DAILY KANON

Shizuku Namie
Touko Sunahara
Minagi Asaoka

Sumikazu stammt von einer wohlhabenden Adelsfamilie ab und muss sich keine Gedanken ums Geld machen. Als er beschließt, endlich auszuziehen, soll Kanon, die Haushaltshilfe, mit ihm kommen.

Doch Sumikazus Gefühle für Kanon gehen tiefer. Wie wird Kanon wohl darauf reagieren, wenn er von den Gefühlen seines Herrn erfährt? Oder empfindet er sogar ähnlich?

**Daily Kanon**
**Einzelband** ISBN 978-3-7704-2696-6
€ 7,50 [D]

MANGA 漫画

EGMONT

EGMONT

www.egmont-manga.de

[f] facebook.com/EgmontManga

[ⓞ] instagram.com/EgmontManga

[🐦] twitter.com/EgmontManga

Boys Love

Miso Umeda

# DIE STADT IN DEINEN FARBEN

Der Musterschüler Yoshiyuki und der offene Chiba sind schon seit ihrer Kindheit befreundet. Allerdings empfindet Yoshiyuki mehr für seinen beliebten Klassenkamerad, hat aber nicht vor, ihm seine Gefühle zu offenbaren. Erst als feststeht, dass sich ihre Wege nach dem Highschool-Abschluss trennen, gerät er ins Zweifeln…

**Die Stadt in deinen Farben**
**Einzelband** ISBN 978-3-7704-2853-3
€ 7,50 [D]

MANGA
漫画

www.egmont-manga.de

EGMONT

# EGMONT

Boys Love

Saku Hiro
# NOE67

Als der Mechaniker Saga im Schrott nach brauchbaren Teilen sucht, findet er einen bildschönen Androiden. Er ist fest entschlossen, ihn zu behalten und zum Laufen zu bringen – doch das hat Folgen. Denn schnell stellt sich heraus, dass der Android nicht nur ein Modell längst vergangener Tage ist… Er ist auch darauf programmiert, besondere Bedürfnisse zu befriedigen.

Eine wundervolle Geschichte über die romantische Beziehung zwischen einem Mechaniker und einem Androiden.

**noe67**
**Einzelband** ISBN 978-3-7704-2854-0
**€ 7,50 [D]**

www.egmont-manga.de

EGMONT

EGMONT

www.egmont-manga.de
facebook.com/EgmontManga
instagram.com/EgmontManga
twitter.com/EgmontManga

Boys Love

# Waku Okuda
# ANTI ALPHA

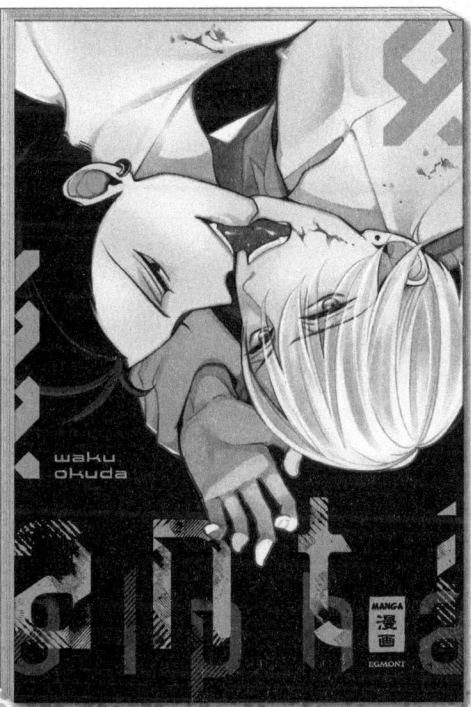

waku okuda

Sena und Kamishiro sind Rivalen an einer Schule für höhere Alphas. Jeder will der Beste sein. Eines Tages erwischt Kamishiro Sena beim Sex. Als er dessen intensive Pheromone wahrnimmt, steigert sich seine Lust gegen seinen Willen ins Unermessliche...

Empfohlen ab 18!

**Anti Alpha**
**Band 1** ISBN 978-3-7704-2681-2
€ 7,50 [D], € 7,80 [A]

MANGA
漫画

EGMONT

# SUTOPPU!

**Koko wa kono manga no owari dayo.
Hantaigawa kara yomihajimete ne!
Dewa omatase shimashita!
Tanoshii hitotoki wo dozo!**

**Egmont-Manga-Chiimu**

# STOPP!

**Das ist der Schluss des Mangas.
Fangt bitte am anderen Ende an!
Und nun genug der Vorrede,
viel Spaß beim Lesen!**

**Euer Egmont-Manga-Team**

„Therapy Game" von Meguru Hinohara
Aus dem Japanischen von Monika Hammond
Originaltitel: „Therapy Game" Vol.02

Originalausgabe:
© 2019 Meguru Hinohara
All rights reserved.
First published in Japan in 2019 by SHINSHOKAN CO., Ltd. Tokyo
German version published by EGMONT Verlagsgesellschaften mbH under
license from SHINSHOKAN CO., Ltd.

Deutschsprachige Ausgabe:
© 2019 Egmont Manga
verlegt durch Egmont Verlagsgesellschaften mbH,
Ritterstraße 26, 10969 Berlin

5. Auflage 2023

Lektorat: Michael Peter
Korrektur: Madlen Beret
Koordination: Manuela Rudolph
ISBN 978-3-7704-5914-8

Textbearbeitung: Etsche Hoffmann-Mahler
Gestaltung: Claudia V. Villhauer
Printed in the EU

**www.egmont-manga.de**
Unsere Bücher findest Du im Buch- und Fachhandel und auf:

**EGMONT**
Shop

www.egmont-shop.de

Die Egmont Verlagsgesellschaften gehören als Teil der Egmont-Gruppe zur
Egmont Foundation – einer gemeinnützigen Stiftung, deren Ziel es ist, die sozialen,
kulturellen und gesundheitlichen Lebensumstände von Kindern und Jugendlichen zu
verbessern. Weitere ausführliche Informationen zur Egmont Foundation unter
**www.egmont.com**